¡No, David!

David Shannon

Traducido por Teresa Mlawer

everest

Para Martha, mi madre,
quien me mantuvo a raya entonces,
y para Heidi, mi esposa,
quien me mantiene a raya ahora.

NOTA DEL AUTOR

Hace algunos años, mi madre me envió un libro que
yo había hecho cuando era niño. Se llamaba *David,
no*, y estaba ilustrado con dibujos de David haciendo
toda clase de travesuras. El texto consistía enteramente
en las palabras *no* y *David* (las únicas que yo sabía
escribir). Pensé que sería divertido recrear el texto con
variaciones de esa palabra universal que todos hemos
escuchado durante nuestra niñez.
Por supuesto que *sí* es una palabra estupenda… pero
sí no evita los dibujos en las paredes de la sala.

Título original: *No, David!*
Traducción: Teresa Mlawer

SÉPTIMA EDICIÓN

Copyright © 1998 by David Shannon. All rights reserved. Published by
arrangement with Scholastic Inc., 555 Broadway,
New York, NY 10012, USA
© EDITORIAL EVEREST, S. A., para la edición española
Carretera León-La Coruña, km. 5 - LEÓN
ISBN: 978-84-241-8114-7
Depósito Legal: LE. 1434-2009
Printed in Spain - Impreso en España
EDITORIAL EVERGRÁFICAS, S. L.
Carretera León-La Coruña, km. 5
LEÓN (España)
Atención al cliente: 902 123 400
www.everest.es

La mamá de David siempre decía…

¡No, David!

¡David, ven aquí

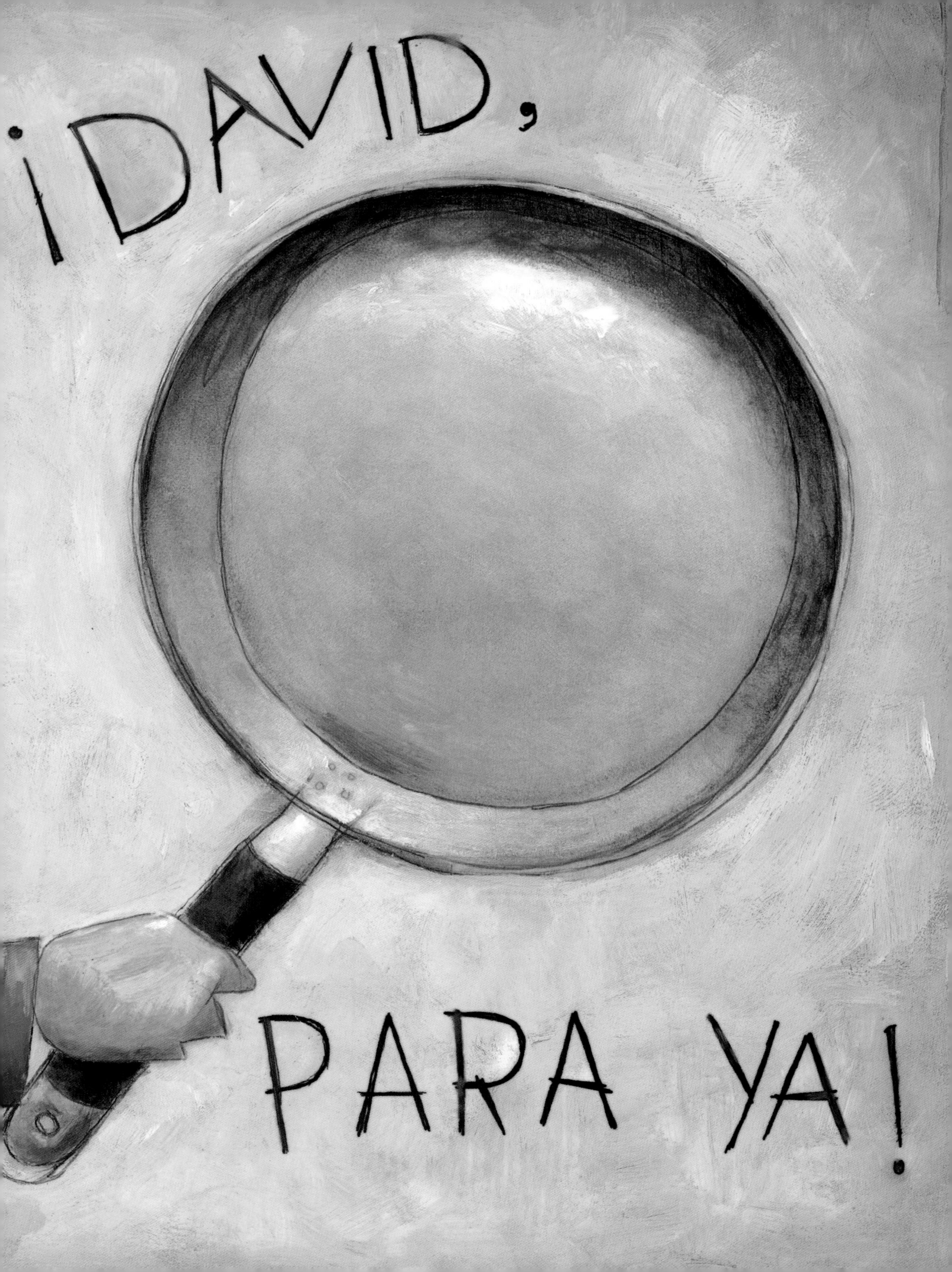
¡DAVID,
PARA YA!

¡Basta ya,

¡Vete a

¡ATERRIZA DE UNA VEZ!

¡Recoge los juguetes!

¡Dentro de casa

no, David!

¡Te lo advertí, David!

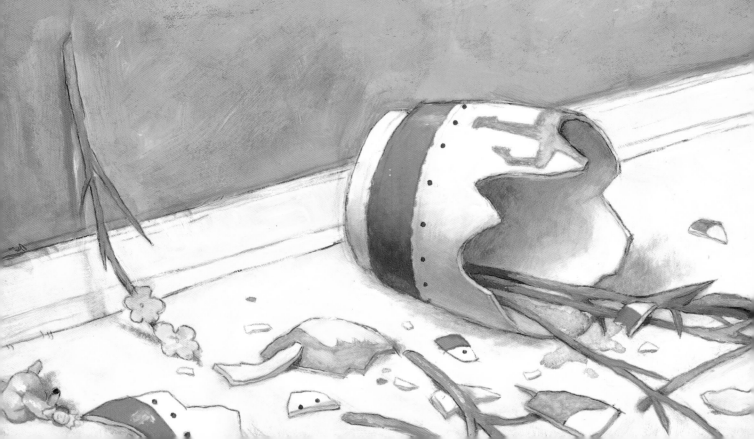